그래서 아무 말도 할 수 없음을 그대는 모르고 있다

그래서 아무 말도 할 수 없음을 그대는 모르고 있다

초판 1쇄 인쇄 2011년 10월 13일
초판 1쇄 발행 2011년 10월 20일

지은이 ᅵ 김시헌
펴낸이 ᅵ 손형국
펴낸곳 ᅵ (주)에세이퍼블리싱
출판등록 ᅵ 2004. 12. 1(제2011-77호)
주소 ᅵ 153-786 서울시 금천구 가산동 371-28 우림라이온스밸리 C동 101호
홈페이지 ᅵ www.book.co.kr
전화번호 ᅵ 1661-5777
팩스 ᅵ (02)2026-5747

ISBN 978-89-6023-685-1 04810
ISBN 978-89-6023-683-7 04810(세트)

그래서
아무 말도
할 수 없음을
그대는
모르고 있다

김시헌 시집

ESSAY

사랑한다고 말했다 해서

그 말이 모두 진심일 수는 없다.

그저 붙잡았다고 해서

떠나지 말라는 의미일 수는 없다.

그리고

내가 그대를 말없이 보냈다 해서

그대를 사랑하지 않았기 때문이라는

이유일 수도 없다.

차 례

서문 • 05

가을 • 10

나의 시가 • 12

한참을 울고 나면 • 14

크고 작은 사랑이 어디 있어 • 15

바람이 불어 • 17

그래서 아무 말도 할 수 없음을 그대는 모르고 있다 • 19

그대가 사는 곳 • 20

감정을 벗어버리고 • 21

부끄럼 없이 누군가를 그리워하기 위하여 • 23

철새 • 25

고등어 • 26

사랑하는 이에게 배운 것 • 28

아무리 사랑해도 • 30

혼자인 이에게 • 32

처녀귀신이라도 사랑할 것 같은 날들 • 34

그리움은 외로움에 지쳐버리고 • 36

그냥 불러봤어 • 38

말로 할 수 없다네 • 39

다시 사랑을 하는구나 • 41

아침에 눈을 뜨면 • 42

당신입니다 • 43

잠든 너의 모습 • 44

제인 • 45

미친 사랑 • 47

당신을 사랑합니다 • 49

인연은 • 51

눈이 되어 • 52

파랑새 • 53

남겨진 자 • 55

그대가 사랑인 이유 • 56

인생 • 58

젊은이에게 • 59

부끄러운 시간 • 62

심장 속의 칼 • 64

그럴 수도 있다 하지만 그렇지 않을 수도 있다 • 66

친구를 보내며 • 68

얼마나 사랑하기에 • 70

또 한 번의 가을 • 71

당신은 단지 특별할 뿐이니까요 • 72

그녀에게 어떤 의미로 남기 위해 • 73

7월 3일(토) • 74

누구도 혼자인 사람은 없다 • 76

외로움을 달래는 법 • 78

이별 • 79

그리운 이에게 • 80

떠나는 이여 • 82

그리움은 • 83

그녀를 보내며… • 84

우리들의 영원한 시간 • 85

시인은 시를 쓴다 • 87

너를 소유하고 싶다 • 88

늦은 밤하늘 • 90

그런데, 그대는 • 94

날개 부러진 새 • 96

우리 다시 만날 때까지 • 97

널 기쁘게 해주기 위해 시작한 일 • 99

기도 • 100

얼굴을 모르는 너에게 • 103

나의 꿈 • 104

다시 사랑을 시작할 때 • 107

떠나지 않은 날개의 눈으로 바라본다 • 110

가을

사랑하는 이여

푸른 잎이 붉게 물들어 가던 시간을 기억하라

그 시간 동안 우리의 사랑이 얼마나 뜨겁게 타올랐는지

기나긴 여름날 동안 얼마나 많은 나뭇잎들이

태양을 품에 안고 반짝거렸는지

그때의 아름다운 시간을 기억하라

다만 사랑하는 이여

가지에서 하나 둘 힘겹게 나뭇잎이 떨어지던 날들은

그때의 가슴 아픈 시간들은 이제 잊어버려라

가을에 붉은 잎들이 낙엽으로 떨어지는 건

결코 우리들만의 잘못이 아니거늘

이렇게 가을이 끝나고 내가 낙엽처럼

쓸쓸히 그대 곁을 흐르더라도

우리 이별의 이유는 잊어버려라

그때의 가슴 아픈 순간들은 지워버려라

아름답던 봄과 여름이 지나고

힘겨운 가을 끝에서

겨울의 쓸쓸함으로 사랑이 그렇게 끝나더라도

또다시 계절은 찾아오리니

그대여 기억하라

우리가 만나고 사랑하던 시간들을

푸르던 설렘이 붉게 타오르던 순간들을

나의 시가

나의 시가
배고픈 당신의 밥그릇 속으로 들어가
며칠이고 당신의 입 속에서
배부르게 씹힐 수 있다면

내 한 편의 시가
외로운 당신에게 달려가
당신의 흔들리는 어깨를
포근히 안아줄 수 있다면

내가 몇 년째 묵은 이야기들을
꺼내보는 시간에도
또다시 어느 사랑은 슬픔으로 번져
한 방울 눈물로 흘러버리겠지만

나의 시가
멀리 있는 당신의 연인에게 달려가

당신의 마음을 전할 수 있다면

내가 그녀를 그리워하듯

당신이 얼마나 그를 그리워하는지

대신 얘기해 줄 수만 있다면

그럴 수 있다면,

얼마나 좋을까.

한참을 울고 나면

한참을 울고 나면
너 쉽게 웃을 수 있을 거라 믿는
사람들이 있다.
한참을 울고 나면
사랑도 더 쉽게 시작할 수 있을 거라 믿는
사람들이 있다.

하지만 그들은
진정 한참을 울어보지 못한 사람들이다.
슬픔으로 처음과 끝을 찾을 수 없을 만큼 울고 나면
울었던 만큼은 웃을 수가 없다.
무엇도 제대로 할 수가 없다.

사랑으로 한참을 울었던 사람은
새로운 사랑조차
쉽게 시작할 수가 없다.

크고 작은 사랑이 어디 있어

세상에 크고 작은 사랑이 어디 있나요?

내 사랑이 그대가 짐작하는 것보다

깊은 사랑인지 커다란 사랑인지 알지도 못하면서

사랑에 아프지 않은 이별이 어디 있나요?

난 하루도 단 하루도 견딜 수가 없는데

내가 당신을 사랑하듯

누군가는 또 다른 누군가를 사랑하며

결국 대부분의 인연은 헤어짐으로 끝을 맺지만

이별의 아픔은 그저 시간이 지나면 잊어지는 거라고

그 시간이 잠깐이든 오랜 세월이든

우리도 끝내 잊어버리고 기억들만 남겠지만

그렇게 싸우고 상처받고 상처주고

눈물을 흘리면서 사랑을 연습하고 또 연습해도

헤어질 땐 그저 인연이 아니라고 말하면

그뿐인가요?

그토록 사랑은 한 번뿐이길 바랐는데

사랑이 뭔지 모르던 이린 마음에도

누군가와 이별하는 게 두려워

내 삶에 사랑은 한 번뿐이길 바랐는데

그댈 생각하지 않으려고 아무리 애를 써도

잠들면 당신 꿈을 꾸고

아침에 깨어나면 당신의 얼굴이 떠오르고

보고 싶고. 보고 싶고. 보고 싶어.

바람이 불어

바람이 불어

나의 영혼을

너의 곁으로 데리고 가

여름날의 시원한 비로 내리거나

겨울날의 새하얀 눈으로

너의 머리 위에 쌓여

네 머릿속에 하나의 생각이 되고

네 가슴속에 하나의 사랑이 되어

네가 귀로 듣는 것들을

함께 생각하고

네가 사랑하는 어떤 사람을

나 역시 사랑할 수 있다면

지금처럼 우리는 둘이 아니고

예전처럼 서로 아파하는 사랑이 아니고

하나의 생각으로

하나의 마음으로

영영 너와 함께할 수 있다면

나는 너의 기다림에

용서를 빌어야 하는데

너의 보살핌에

보답해야 하는데

나의 야윈 영혼은

자꾸만 자꾸만

너의 곁으로 가자고 하네

그래서 아무 말도 할 수 없음을
그대는 모르고 있다

사랑한다고 말했다 해서

그 말이 모두 진심일 수는 없다.

그저 붙잡았다고 해서

떠나지 말라는 의미일 수는 없다.

그리고

내가 그대를 말없이 보냈다 해서

그대를 사랑하지 않았기 때문이라는

이유일 수도 없다.

하지만 그대는 모르고 있다.

내게는 떠난 후 한참을 기다렸다 말하면서

떠난 후 한참을 그리워했다 말하면서

내가 아직 그대를 기다리고 있음은

아직도 그대를 그리워하고 있음은

그래서 지금 아무 말도 할 수 없음은

나를 앞에 두고도 그대는 모르고 있다.

그대가 사는 곳

나의 눈동자 속에 살던 그대가
오늘 너 깊은 곳으로 자리를 옮기었네

그대는 애써 나를 떠나려고 하는데
나는 그대를 보내지 못해
내 마음 깊은 곳으로 그대를 가두어두네

감정을 벗어버리고

나를 둘러싼 감정을 벗어버리고 싶을 때 있다.

이미 떠나버린 사람을 홀로 그리워하고 있을 때나

곁에 있는 누군가를 미워하며

그의 작은 실수에도 화를 내고 있을 때

나는 그 감정들을 벗어버리고 싶다.

다른 이들의 시선을 의식하며

나의 짧은 삶을 즐길 수 없게 만드는

내 안에 그 두려움을 벗어버리고 싶을 때 있다.

사랑하는 이의 사소한 일에도 입을 닫아 버리는

그런 나의 질투를 벗어버리고 싶을 때 있다.

그랬다면 나는 덜 외로운 사람이 되었을까?

내 곁을 지켜주던 그녀도 눈물을 덜 흘렸을까?

그리움과 외로움을 벗어버리고

내 사랑이 편해질 수 있다면

조금 덜 사랑하고 조금 덜 그리워하더라도

차라리 나의 감정을 벗어버릴 수 있다면

그랬다면 어느 누구는 나를 떠나지 않았거나

어떤 누군가를 나는 잊고 살 수 있었겠지.

부끄럼 없이 누군가를
그리워하기 위하여

친구는 내게 농담처럼

오늘따라 술이 취하지 않는다고 말을 하네요.

그건 아마

내가 그의 잔에 채워주고 있는 술보다

더 많은 눈물을 삼키고 있는 때문일 겁니다.

친구는 더 이상 아무런 말이 없지만

이젠 알 것 같습니다.

다시는 그녀와 함께 있는 모습을

내가 볼 수 없으리라는 것을…

나는 사랑이 누군가를 곁에 둠으로

완성되는 것이라고는 생각하지 않습니다.

누군가를 곁에 둘 수 있는 사랑만이

완벽한 것이라고 생각하지 않습니다.

그의 마음만큼 슬퍼할 순 없더라도

그 괴로움의 얼마를 짐작할 수 있는 나는

그에게 깨끗이 잊어버리라고

말하고 싶은 생각도 없습니다.

하지만 그녀가 끝내, 떠나야한다고 말했다면

아직 그녀에게 주어야 할 것이 남았더라도

성급한 이별이라는 생각에 눈물이 흐른다 하더라도

남은 사랑은 자신의 가슴에 간직하고

조용히 그녀를 보낼 수 있길 바랍니다.

때로 사랑은

상대에게 보답을 받지 않더라도

그 사람을 옆에 두고 지킬 수 없더라도

그녀를 부끄럼 없이 그리워하는 것만으로

아름답고 가치 있는 일임을

나는 믿고 있는 때문입니다.

철새

철새처럼 살자.
겨울이 오기 전에 떠날 줄 아는
오직 기다림의 시간을 위하여
바다 위 푸르름에 고개 숙이지 않는
우리도 그렇게
철새처럼 살자.

철새처럼 살자.
운명 그대로 삶을 흘려버리고
애써 흔적을 남기려 않는 철새처럼
우리도 그렇게
미련 따윈 지워버리자.

고등어

두꺼운 칼날에 가슴이 잘리는 고통을 알겠다.

거친 손짓에 오장육부가 다 드러난 채

물 한 방울 닿은 적 없는 속살이

소금에 저며지는 쓰라림을 알겠다.

눈을 뜨고도 왜 죽은 듯 움직이지 않는지

가슴이 벌어진 고등어의 마음을 알겠다.

벌겋게 타오르는 불덩이의 뜨거움을 알겠다.

서로 첨잔하는 사람들에게

이리저리 헤집음을 당하다가

참았던 눈물을 쏟아버리는 서러움을 알겠다.

입을 다물고 왜 아무 말이 없었는지

울음을 참고 있는 조개의 마음을 알겠다.

아무렇지 않은 듯 사람들을 만나고

아무렇지도 않게 운전을 하고

아무 일도 없는 듯 농담을 건네지만

찢어진 가슴으로

입을 꾹 다물고 울음을 참고 있지만

고등어의 쓰라림을 나는 알겠다.

눈을 감고 있는 조개의 마음을 알겠다.

사랑하는 이에게 배운 것

그 사람은 이해심이 많은 사람이었습니다.

오래도록 나를 지켜주던 그 사람은

나의 잘못으로 자신의 마음이 다치고 난 후에도

'그래 이제 지난 일이야,

앞으로는 그러지 않을 거지?'라는 말로

나를 용서해주던 사람이었습니다.

어린 나는 스스로의 실수에도 화를 내고

사소한 일에도 짜증을 부렸지만

그때마다 그녀는 그런 내 모습을 다 받아주고는

내가 미안한 마음에 어찌할 줄 모르고 있을 때

'그래 이제 지난 일이야'라는

한마디 말을 해줄 뿐이었습니다.

그럴 때마다 나는 고마운 마음보다

그런 그녀의 모습에 신기하다는 생각을 하고는 했지만

그녀와 헤어지고 난 후에는

내가 그런 사람이 되어 있었습니다.

'그래 다 지난 일이야'라고 말하는 사람

남들보다 더 많이 이해할 수 있는 사람이

되어 있었습니다.

그 사람을 떠나보내고

몇 번의 크고 작은 인연을 더 만나게 되었지만

그때마다 나는 이별을 경험하며 나의 어떤 모습이

그녀들을 힘들게 했을까 생각하게 되었습니다.

나의 어떤 모습을 그녀들이 좋아해주었는지

생각하게 되었습니다.

그리고 이제는 사람들에게 자상하고 이해심 많은

사람이라는 얘기를 듣습니다.

예전의 나는 배려를 모르는 이기적인 사람이었는데

지금은 다정하고 유머 있는 사람이라는 얘기를 듣습니다.

때로는 나이를 먹기에 어른이 되는 것이 아니라

사랑을 겪어낼수록

어른이 되어가는 것 같습니다.

아무리 사랑해도

아무리 사랑해도

사랑한다는 말조차 끼낼 수 없는

사람이 있습니다. 이제 곧 그녀가

내 곁에서 떠나갈 것을 알고 있지만

그녀에게

나의 마음을 전할 수가 없습니다.

설령 나의 고백이 그녀를

내 곁에 영원히 머물게 할지라도

나는 마음을 보여서는 안 됩니다.

누군가가 내 슬픔을 눈치채고 물어 와도

차라리 나의 자리가 너무 안타까워

눈물을 흘릴지언정 진심은 말할 수가 없습니다.

사랑하자 마음먹고 사랑한 것이 아니기에

잊어버리자 다짐하고 잊을 수도 없습니다.

너무 답답하고

너무 힘이 듭니다.

하지만 그래도 나는 그녀 때문에

모두에게 친절하고 싶습니다.

지금은 미칠 것 같아도

내 곁을 떠나는 날까지

그녀를 위해 모두에게 친절하고 싶습니다.

혼자인 이에게

언제나 누군가에게 사랑받으며

살아갈 수는 없는 법

언제나 누군가를 사랑하며

살아갈 수는 없는 법

그대 혼자인 이여

혼자 있음을 소중히 생각하오.

아무도 사랑하지 않고

누구에게도 사랑받지 않는 시간을

그대는 소중히 가꾸어 나가오.

사랑은 많은 사람을 만나서

찾을 수 있는 것이 아니거늘

수많은 만남 속에서

골라낼 수 있는 것이 아니거늘

그대 혼자인 이여

당장 누군가를 만나려 마오.

눈물 나는 외로움도

서러운 그리움도

그저 슬픔만은 아닐지니

혼자 있는 지금의 시간 동안

자신의 외로움을 소중히 가꾸어 나가오.

그대 아름다운 사랑을 꿈꾸고 있다면

사랑은 그대가 찾지 않아도

먼저 그대를 찾아간다오.

더 아름다운 사랑일수록

더 간절한 사랑일수록

외로운 사람을 찾아간다오.

처녀귀신이라도
사랑할 것 같은 날들

한사람을 만나고

그 사람을 사랑할 수 없다는 것을 깨닫고

다시 누군가를 만나고

그 사람과 너무 다르다는 것을 깨닫고

그래도 외로워

또 누군가를 그리워하고

순서대로 한 명씩 떠올리다보면

이제는 잊힌 이름이 더 많아

이 사람의 기억은 간직할까?

그 사람의 기억은 지워버릴까?

오늘밤

내 방은 너무 외로워서

불을 끄고 누우면

처녀 귀신이라도 나올 것만 같아.

오늘도

내 맘은 너무 외로워서

처녀 귀신이라도 나오면

겁내지 않고 말이라도 걸 수 있을 거 같아.

그리움은 외로움에 지쳐버리고

기다리는 그녀에게선

전화가 오지 않고

나는 그리움에 지쳐버리고

그리움은 외로움에 지쳐버리고

어제 밤엔 얼굴도 모르는 누군가가

내게 메시지를 보냈어.

'벌써 날 잊으셨나요?'

'당신에게도 지금 그리워하는 사람이 있나요?'

우리가 만난 적이 있느냐고 물으니까

'하지만 한순간의 꿈같은 일일뿐이에요

당신은 이미 날 잊었을 거에요'

내게 알 수 없는 말들만 하고 사라졌어.

기다리던 그녀에게선 전화도 오지 않는데

그리움을 채워줄 누구도 찾을 수가 없는데

한 순간도 날 잊은 적이 없다며

기억나지 않는 소녀에게서 메시지가 왔어.

나는 그리움에 지쳐가고 있는데

그리움은 외로움에 지쳐가고 있는데

얼굴을 모르는 그 소녀는

내게 그리웠다고 얘기하고 있었어.

내가 자신을 잊었을 거라고 얘기하고 있었어.

그냥 불러봤어

네 목소리로 나의 귀는 맑아지고
너의 모습으로 내 눈은 밝아지고
난…
내 심장만 까맣게 타버리는구나.

너를 옆에 두고도
네가 보고 싶어
이름을 불러놓고도 할 말이 없구나.

말로 할 수 없다네

그대의 입술은—

새빨간 장미의 꽃잎

아니,

그보다 훨씬 붉고 탐나는 것

그대의 눈동자는—

별빛이 떨구어 놓은 은하수의 숨은 보석

어쩌면,

그보다 훨씬 눈부시고 찬란한 것

그대의 손가락은—

아- 말로 할 수 없지

나비의 날갯짓과 같던 그대의 고운 손에

나는 눈이 멎어버렸으니…

그대여

나의 마음을 아는가?

나의 가슴을 열어 보여주어야 아는가?

내가 그대들 얼마나 사랑하는지

결코 말로 할 수 없다네.

다시 사랑을 하는구나

때론 상처 때문에 사랑을 믿지 않고

때론 지나온 독한 사랑 때문에

다시는 사랑이 없을 거라 얘기했는데…

우리 사랑을 하는구나.

조금만 더 일찍 만났으면 좋았을 거라는 생각

내 귀에 다른 사람 얘긴 들리지 않았으면 하는 생각

지치고 지쳐서 다신 하지 않을 줄 알았는데

내가 사랑을 하는구나.

내가 아직 고마워해야 하는 사람도

내가 아직 미안해해야 하는 사람도

기억 속에서 제대로 지우지 못했는데

그래도 다시 사랑을 하는구나.

아침에 눈을 뜨면

밤이면
그대를 잊어야 한다는 생각으로
눈을 감습니다.
자는 동안 그대의 기억을 머릿속에서 지우고
보고픈 마음을 가슴속에서 잘라버리겠다고
다짐하며 잠이 듭니다.

하지만
아무리 긴 밤을 지내도
나는 밤새 그대의 꿈을 꾸고
다시 아침이면
그대를 잊으려 했던 생각만 지워져 있습니다.

당신입니다

잠깐을 들어도
내게 힘을 주는 음성
당신의 목소리입니다.

꿈속에서도
보고 싶어 찾아다니는 얼굴
바로 당신의 모습입니다.

함께 있을 때에도
나는 먼저 잠들지 못하고
아침이면 당신보다 먼저 일어나
잠든 당신의 얼굴을 바라봅니다.

내가 어느 자리에서도
부족한 사람이 되지 않으려 노력하는 이유
그것 또한
내게 당신이 있는 때문입니다.

잠든 너의 모습

머리는 묶거나
풀어헤친 모습으로

화장은 지워지거나
지워버린 모습으로

지금 이 순간
내 곁에 잠든 당신보다
더 아름다운 여인을 나는 알지 못합니다.

제인

보석처럼 빛나는 눈동자와

앵두 같은 빨간 입술에

나는 그만 반해버렸지.

숲 속의 새들처럼 귀여운 목소리로

나를 부르고

구름처럼 부드러운 손으로

나의 손을 잡아주던

오늘 만난 세상에서 제일 예쁜 아이에게

나는 그만 마음을 빼앗겨 버렸지.

허락도 없이 나를 안아버리고

묻지도 않고 나의 볼에 입 맞추던

그 작은 아이가 나의 눈동자 속으로 들어와

나는 하루 종일 웃으며

행복한 꿈을 꾸었다네.

타임머신을 타고

당신의 어린 시절로 돌아가

나를 모르는 어린 당신과

미끄럼들을 타고 그네를 밀어주며

아이스크림을 나눠먹는 꿈을 꾸었다네.

그 아이를 보며 당신이 어렸을 땐

당신도 이렇게나 예쁘지 않았을까

생각했다네.

미친 사랑

너는 나와의 약속에 늦어도
서둘러 뛰지 말아라.
얼마쯤 널 기다리는 건
내가 참아낼 수 있지만
그 작은 발로 뛰어오다 넘어질까
또 무릎이나 다치지 않을까 걱정이구나.

어쩌다 내게 거짓말을 하더라도
들키지 않을까 마음 졸이지 말아라.
한두 번 너에게 속았다고 해도
화를 내지도 않을 것이고
결국 진실을 알게 된다고 해도
나는 끝까지 모른척할 테니까.

네가 갖고 싶은 것이 있고
보고 싶은 곳이 있으면
언제든 내게 말을 해다오.

내가 보고 싶은 것이 너뿐이고

함께 하고 싶은 것이 너뿐인데

어떻게든 들어주지 않을 수 있겠니.

하지만 네가 외로울까 걱정이구나.

삶이 끝날 것처럼

세상에 우리 둘밖에 없는 것처럼

이렇게 미친 듯 사랑하다

결국 헤어지고 나면

네가 외로울까 걱정이구나.

내 모습이 슬픔으로 남을까 걱정이구나.

당신을 사랑합니다

우리가 뜨거운 태양 아래를 지날 때
당신은 나의 그늘 속을 걸어도 좋습니다.

눈보라 날리는 언덕을 지날 땐
당신은 나의 등에 기대어 잠이 들어도 좋습니다.

세상의 부질없는 사랑노래들로
나의 사랑만은 특별하다고 말할
멋진 이야기를 아직 찾지 못했지만
나의 사랑은 오늘도 홀로 깊어만 집니다.

언젠가 그대가 나를 떠나고
사람들 앞에서 난처할 때
당신은 나의 이름을 변명삼아도 좋습니다.

그대가 나 아닌 누군가를 만나

그에게도 말할 수 없는 어려움이 닥쳤을 때

그때는 잊었던 나의 이름을 불러도 좋습니다.

당신을 사랑합니다.

지금은 이 말밖에는 할 수가 없습니다.

인연은

내리는 비처럼 빠르고

바늘처럼 날카로워서

때론 서로 맞추기가 너무 힘들다.

눈이 되어

눈이 되어

너의 속눈썹 위에서 녹아 버리고 싶어.

네가 내 생각에 눈을 감을 때

눈물이 되어 날 위해 울며

그런 너의 볼을 쓰다듬고 싶어.

눈이 되어

붉은 너의 입술을 만나고 싶어

뜨거운 너의 혀에서 녹아 버린 채

더 깊은 곳으로 삼켜지고 싶어.

하지만

네가 허락하지 않는다면

아무도 모르게 너에게 짓밟히고 말겠어.

그렇게라도 나의 가슴에

너의 흔적을 남길 수 있다면

파랑새

우리가 파랑새의 모습으로 사랑을 시작하던 날을

그대는 잊었습니까?

파란 하늘에 숨어 사랑을 속삭이던 날들을

당신은 벌써 잊었습니까?

빛이 되어 다시 만나 서로를 안으려다

한 순간 눈부심으로 부서지던 시간을

당신은 잊었습니까?

바다의 물고기가 되어

서로를 찾아 헤매다

이름 한 번 불러보지 못하고

다시 바다가 되어버린 서러움을

그대는 기억하지 못하십니까?

이제야

그대의 눈을 바라보고

그대의 입술에 입을 맞추고

서로의 가슴에 얼굴을 묻고

사랑한다고 말할 수 있는데

그대는 다시 서로 모른 재 살아가사고

이야기하십니까?

몇 백 년을 기다리며 살다 또다시 헤어지고

사랑이라는 말을 아끼며 한없이 그리워하고

그대를 볼 수 있다면

사랑할 수 있다면

난 물도 불도 두렵지가 않은데

그대 어찌 내게 헤어지자 말합니까.

어찌 기억하지 못하고

나를 알아보지 못하고

내게 또다시

한 세월을 기다리라 말합니까.

님거진 자

너의 마음은

우리가 함께 숨었던

한겨울 동굴 속 추억만큼이나 차고 어둡다.

너를 보낼 때야

웃음으로 한 번 마음을 다잡으면

그만일 테지만

그 후엔 어찌해야 한단 말인가.

언제까지 눈물을 참아야 한단 말인가.

그대가 사랑인 이유

그대를 하늘이라 부르는 이유는
내가 하늘에 닿을 수 없듯이
이제 그대에게 닿을 수 없는 때문

그대를 바다라 부르는 이유는
바다가 내 발을 적시고 도망하듯
그대가 내게 사랑을 주고
저만치 물러섰기 때문

그대를 별이라 부르는 이유는
내가 별을 보면 눈물이 흐르듯
그대를 그리면 눈물이 나는 때문

그리고
그대를 사랑이라 부르는 이유는…
나와 하늘의 거리를

바다와 나의 낯설음을

별이 전하는 슬픈 눈빛을

그대가 나에게 가르쳐 주고 있는 때문

인생

장마 뒤의 계곡처럼 거친 것이 인생이다.
때로 흙탕물이 되고 어쩔 수 없는 낭떠러지를 만나도
그러면서도 흘러가는 것이 인생이다.

외롭고도 쓸쓸한 것이 인생이다.
사랑하는 사람의 마음도 언제나 내 맘 같지는 않고
그 한사람의 돌아섬만으로도 혼자가 되는 것이 인생이다.

그래도 버텨내게 되는 것이 인생이다.
하루를 살고 또 하루를 살다보면
언젠가 웃을 날이 있는 것이 인생이다.
세상이 힘들고 무엇 하나 내 뜻대로 되지 않아도
결국 어찌할 수 있는 건 자신뿐인 것이 인생이다.

젊은이에게

중요한 건

우리가 남들에게 잘난 사람으로 보이느냐

그렇지 못하느냐 하는 것이 아니다.

지금의 삶이

성공의 길 위를 걷고 있느냐 하는 것 따위가

너의 인생을 평가할 수 있는

기준이 되는 것도 아니다.

정말 중요한 건

너는 지금 살아서 이 글을 읽고 있다는 것이다.

하루의 몇 시간 쯤 헛되이 보내고

몇 년쯤 실패한 이름으로 살아가고 있다고 해도

사실 그 건

너의 삶에서 별로 중요한 것이 아니다.

아픔을 딛고 일어선 모두의 경험처럼

가장 큰 행운은 언제나 미래에 찾아오는 것이니까.

우리가 얼마나 능력이 있는 사람인지

얼마나 똑똑한 사람인지 하는 것은

행복한 삶을 사는 것과 별로 관계있는 것이 아니다.

많은 사람들이 그것들을 죽기 전에야 알지만

네가 그것을 좀 더 빨리 깨달을 수 있다면

너는 남들보다 더 많은 행복을 찾을 수 있을 것이다.

느제르 강을 헤엄쳐 건너는 코끼리를 본적이 있는가?

비바람 속을 날아가는 부전나비들처럼

우리의 삶은 항상 지혜롭고

풍요로운 길 위에 서 있는 것이 아니다.

지금은 가난하고 게으른 모습으로 살아가고 있다 해도

너의 삶은 결국 더 많은 것들을 기록할 것이다.

때론 거짓말을 하기도 하고

넘어지기도 하고 외롭고 아파하기도 하면서

다들 그렇게 살아가는 것이 젊음이다.

누구라도 그렇게 살아지는 것이 인생이다.

네가 존경하는 그 누구의 삶도 완벽하지 않았던 것처럼

완전하지 않은 너의 삶도 그만큼의 가치가 있는 것이다.

세상의 모든 해바라기가 태양을 바라볼 때

어딘가에는 달빛을 향해서만 꽃을 피우는 달맞이꽃도

있는 법이니까.

부끄러운 시간

시간이 흘러 내가 아무것도

할 수 없는 날이 오기 전에

나는 더 많이 배우고

더 열심히 사랑할 것이다.

파랑새와 함께 하늘을 날고

고래를 위한 노래를 부르며

그곳에서 다시 태어나

또 다른 꿈을 꾸며 세상을 살 것이다.

무지의 세상에서

잡을 수 없는 시간 속을 살더라도

나의 젊음이 아직 끝나지 않은 까닭에

나는 더 많은 것을 나누고

더 친절한 사람으로 세상을 살 것이다.

시간이 흘러 내가 아무것도

할 수 없는 날이 오기 전에

시간이 흘러 오직 후회밖에

할 수 없는 날이 오기 전에

심장 속의 칼

너의 머릿속에

너의 심장 속에 칼을 꽂아라.

삶이 힘들어질 때는

삶을 힘들다 느끼게 될 때는

이유를 묻지 말고

의미를 찾으려 말고 세상 속을 달려라.

피 흐르는 몸으로 세상 속을 달려라.

달리다 쓰러지면

그때 깨닫게 되리라.

미완성이 가진 완성보다 값진 의미를

고통 속에서도 삶을 포기하지 않는 이유를

그때 알게 되리라.

다시 일어서 절망을 비웃게 되리라.

지금의 절망에 속지 마라.

절망은 널 더 강하게 만들기 위함일 뿐

절망이 내미는 죽음에 발을 담그지 마라.

너의 무덤 위에 장미는 피지 않으리니

너의 머릿속에

심장 속에 칼을 꽂아라.

살아 있는 자만이 세상을 견디어 내는 자만이

영원히 영웅으로 남을 수 있다는 걸 잊지 마라.

그럴 수도 있다 하지만
그렇지 않을 수도 있다

당신의 생각이 옳은 것일 수도 있다.

당신이 살아며 배웠던 것들과

삶의 신념으로 지켜온 것들은

지금 당신의 믿음처럼

끝내 변하지 않는 진리일 수도 있다.

그들이 정말 바보이기 때문인지도 모른다.

당신에게 말도 안 되는 이야기를 하고 있는 그들은

정말 어리석은 생각으로

당신을 설득하려 하는 것일지도 모른다.

지금 당신이 고쳐주지 않으면

평생을 미련하게 살아야 하는지도 모른다.

그렇다 당신의 말처럼-

진리는 끝내 변하지 않는 것일 수도 있다.

어쩌면 그런 것들은

여러 번 생각해 볼 필요도 없는 것인지 모른다.

그러나 그렇지 않을 수도 있다.

당신의 믿음이 잘못된 것일 수도 있다.

이제 당신이 귀를 기울여야 하는 것일 수도 있다.

친구를 보내며

잘 돌아가던 영화필름이 끊기듯
한순간 끝나버린 너의 인생.
너와 함께 웃고 함께 얘기하던
기억들이 아직도 생생한데
네가 품었던 꿈의 이야기들이
아직도 너의 목소리를 타고
나의 귓가에 울리고 있는데
그리도 급히 어디를 가버린 거니?

네 외로움 돌아봐주지 못한
친구들이 서러웠니?
마음대로 살아지지 않는
인생이 답답해서였니?
제대로 놀아보지도 못하고
너만 바라봐 줄 여자 만나서
사랑 한 번 해보지도 못하고

끊어진 필름의 남은 이야기들이

궁금하지도 않았던 거니?

친구야. 네가 한강물을 헤매던 날에도

그럴 일 없다고만 생각했던 내가 미안하구나.

얼마나 사랑하기에

그녀는 얼마나 그를 사랑하기에
헤어지자는 말을 하면서도
그를 놓지 못하는 것일까.

그는 얼마나 그녀를 사랑하기에
이별의 말을 들으면서도
그녀를 뿌리치지 못하는 것일까.

또 한 번의 기을

억지로 눈물을 흘리려는 일보다
애써 눈물을 참으려는 일이
더 비참하고 비겁한 방법일지 모른다.
끝내 눈물은 흘리지 않을 수 있다고 해도
가슴속 슬픔은 쉽게 지우지 못하고
눈물보다 더 지독한 슬픔으로 전해져
내 앞의 그녀 역시 나처럼 어디선가
몰래 울어버릴 수밖에 없을 테니

눈물로 쉽게 흘려버리자.
모든 슬픔을 눈물처럼 쉽게 흘려버리자.
그녀의 모든 것을 안을 수 있어야 한다.
변해버린 마음까지 안을 수 있어야 한다.
이별을 두려워한다면야
어찌 사랑을 할 수 있겠는가.
잊힐까 두려워 떠나지 못한다면야
어찌 사랑이라 할 수 있겠는가.

당신은 단지 특별할 뿐이니까요

당신은

며칠 동안 아무짓도 못하고

누군가를 그리워했던 적이 있나요.

밤늦게까지

통화를 하고도 그가 그리워

아침까지 기다려

그에게 달려갔던 적이 있나요.

그랬어요.

난 며칠 동안 밥도 먹지 못하고

당신을 그리워했던 적이 있어요.

밤새 아침이 오기만을 기다려

잠자는 당신을 깨웠던 적이 있어요.

하지만 신경 쓰지 말아요.

당신은 단지 내게 특별할 뿐이니까요.

그녀에게 어떤 의미로 남기 위해

그녀는 모를 테지요.

아름다운 의미로 그녀에게 남고 싶어서

내가 얼마나 노력했는지를

어떤 시인은 이렇게 이야기하더군요.

'모두는 누군가에게 하나의 의미로 남고자 한다.'

처음 이 말을 들었을 땐 위안이 되는 듯했지만

곧 깨닫게 되었습니다.

나는 그녀에게 그 '누군가'가 될 수 없었던 것이지요.

때로 우리는 자신도 모른 채 누군가의 가슴에

커다란 의미로 간직되기도 하지만

왜 정작 원하는 사람에겐 쉽게 다가설 수조차

없는 것일까요.

이제는 그저 아름다운 의미로 그녀에게 남고 싶어서

그토록 노력했던 내 모습마저 그 시만큼이나

커다란 슬픔으로 다가올 뿐입니다.

7월 3일(토)

이젠 예전만큼 달콤한 연애시를 쓸 수가 없어.
지금은 사랑하는 사람도- 그리운 사람도
없으니까.
지난 1년 반 동안은 재미있는 일도 하나 없었어.
눈물 나도록 슬픈 일도 없었고
누군가 그리워 밤새 잠을 이루지 못했던 날도
심장이 부풀어 목구멍으로 넘어올 만큼
설레는 만남도 없었어.

그저 특별한 희망 없이
누군가 날 외롭지 않게 해주기만 바랐어.
나의 외로움을 달래줄 누군가의 품에 안겨서
앞으론 영원히
혼자이지 않을 거라는 말을 듣고 싶었어.
운명처럼 누군가 나타나
한 번도 만져보지 못했던 어릴 적 꿈들을
내게 다시 가져다주길 바랐어.

더 이상은 너를 기다리지 말아야 했기에

하루하루 혼자 이겨내야만 했던

그 지독한 외로움은

깨져버린 유리잔처럼

다시 담아낼 수 없는 고통일 뿐이었으니까.

네가 내 가슴에서 떠나고

벌써 3년이나 지났는데

정말 재미있는 일 한 번 일어나지 않았어.

게다가 지금은

예전처럼 달콤한 연애시도 쓸 수가 없어.

이젠 내 가슴에

사랑하는 사람도- 그리운 사람도 없으니까.

누구도 혼자인 사람은 없다

마음속에 살아있다면
곁에 있는 것과 다를 바가 없어요.
마음속에 있는 누군가가
당신의 슬픔을 위로할 수 있다면
그 사람을 생각하는 것만으로
당신의 외로움이 한걸음 물러서고
한숨 속에서 잠시라도 미소 지을 수 있다면
그럴 수 있다면
당신은 이미 혼자가 아닌 거예요.

지금 불타고 있는 낭만의 연인이 아니더라도
어린 날의 수줍은 첫사랑의 기억일 뿐이더라도
그 사람이 언제고
당신의 마음속에서 따뜻하게 피어올라
당신을 좀 더 친절하게 만들 수 있다면
짧은 기억만으로도

가슴속에 한 송이 꽃을 피울 수 있다면

우리는 그와 함께

이미 혼자가 아닌 거예요.

혼자라고 느끼는 당신의 모습들이

지금 누군가의 가슴에서도

허락 없이 살아가고 있는 것처럼 말이죠.

외로움을 달래는 법

눈물을 속으로 흘려버리자.

혈관을 타고 흘러

심장에서 새로운 힘이 되게 하자.

기쁨 역시 그런 것 아닌가.

슬픔이 배신으로 얻어졌듯이

행복 또한

그 사랑으로 얻게 되었던 것 아닌가.

눈물을 속으로 흘려버리자.

외로움을 달래는 길은

눈물을 감추고

새로운 누군가를 만나는 방법뿐이니까.

이별

그녀가 스치고 간 하늘을
하염없이 바라보았다.

찢어버리겠다던 그녀의 편지도
그는 벌써 몇 번을 읽었는지 모른다.

그녀는 영원히
그 사랑의 깊이를 알지 못하리라.
그리고 편지의 마지막 말처럼
그도 그녀를 잊지 못하리라.

그리운 이에게

나만큼의 그리움이

그대에게도 있는 것을 안다.

그리움에 눈물짓던 밤이

그대에게도 있는 것을 안다.

하지만 그리운 이여

그대는 아는가?

귓가를 맴도는 그대의 목소리만으로도

기억에 남아 있는 그대의 향기만으로도

하루 종일 설레던 날들이

나에겐 있었다는 것을…

손등에 스친 그대의 머릿결만으로도

눈감은 채 잠들지 못한 밤이

나에겐 있었다는 것을…

그리운 이여

그대는 잊었는가

그대가 나의 그리움이었다는 것을…

떠나는 이여

떠나는 이여
내게 잊시 날라고 말하지 마오.
날 잊지 못하리라 말하지 마오.

내가 그대를 잊는 것이
가슴 아프다면
그대가 날 떠나지 않으면 될 것을
차마 날 잊을 수 없다면
헤어지자 말하지 않으면 될 것을

떠나는 이여
내게 변명 같은 얘기를 하지 마오.
떠나는 이여
내게 잊지 말라고 말하지 마오.

그리움은

손을 잡고

입을 맞추고

내가 지금껏 살아온 이야기를 하고

그녀의 살아온 이야기를 몇 시간째 들어주고

사랑한다는 말을 몇 번씩 주고받아도

결국 채워지지 않는 거야.

며칠 동안 함께 지낸다고 해도

곁에 두고 온몸으로 얘기한다고 해도

끝내 모든 걸 느낄 수는 없는 거야.

그리움은

채울 수 있는 게 아니니까

한없이 부풀어 오르다가

어느 순간부턴가

가슴속에서

조용히 사그라지고 마는 것이니까.

그녀를 보내며…

사랑하기 위해 노력한 날들보다

누군가를 곁에 두기 위해 애썼던 날들이 많았다.

사랑받기 위해 노력한 시간보다

보내지 않기 위해 애쓰던 시간이 더 길었다.

우리는

지금껏 얼마나 외로웠던가.

우리들의 영원한 시간

계절이 가을에서 겨울로 지나고
바람이 부는 곳으로 구름이 흐르는 것처럼
자연스레 나를 그대의 가슴속에서
지워버리는 날들이 와도
그건 시간이 아닙니다.
내가 그대에게 아무런 의미가 되지 못하고
나를 향한 그리움이
마지막 촛불처럼 꺼져버리는 날이 와도
그건 나에게 시간이 아닙니다.

오래전 추억은 새로운 추억에 밀려나고
새로운 추억은 또 다른 사랑에 잊힙니다.
그렇게 그대도 언젠가 누군가를 사랑하고
우리가 함께했던 이야기들은
오래된 영화처럼 낯선 기억이 되겠지만
그건 우리의 시간이 아닙니다.

지금처럼 그대가 나를 인정하고

서로의 눈빛을 함께하는 이 순간만이

나에겐 영원한 시간입니다.

언젠가 우리 둘이 헤어지고

서로의 얼굴을 기억할 수 없는 날들이 와도

그대와 내가 서로 사랑하는

이 아름다운 날들만이

우리들의 영원한 시간입니다.

시인은 시를 쓴다

물고기는 바다를 가르며
제 비늘로 시를 쓰고
새들은 하늘을 스치며
제 날개로 시를 써도
물고기가 어떤 꿈을 꾸었는지
나는 알지 못하네.
새들이 어떤 사랑을 나누었는지
우리는 알지 못하네.

나는 노래를 부르고
너는 그림을 그리고
우리는 사랑을 하지만
너를 기억하기 위해
나는 시를 쓰지만
내가 어떤 사랑을 했는지
아무도 알지 못하네.

너를 소유하고 싶다

너를 소유하고 싶다.

친질함으로 너를 대하고 싶다.

배고픔을 참으며 고독을 참으며

너를 사랑하고 싶다.

나밖에 사랑한 적 없는 너를

내 안에 가두어 두고 싶다.

내가 세상에서 얻을 수 있는 행복 중에

가장 커다란 것은 너일 것인데…

나 살아가는 의미 또한

분명히 너일 것인데…

내 너를 얻으면

젊음이 끝나고

열정이 식어버리더라도

사랑은 변하지 않기를 기도하리라.

내 너를 얻으면

영원히

나의 모든 소유는

오직 너를 위해서만 사용하리라.

늦은 밤하늘

밤하늘 아래

눈을 감고 누워

나의 깊은 곳 또 다른 나의 영혼 속으로 들어가면

그곳에는

하늘이 있고

바다가 있고

아름다운 꽃과 나무가 있고

나비의 농담에 웃음 짓는 코끼리가 있다.

행복한 나비와 새들이 나는

그곳들을 지나

나는 아무에게도 말하지 않은

더 깊은 숲으로 들어가

그대를 닮은 꽃의 향기를 느끼고

나무 그늘 아래서 분홍나비와 후회스러운

나의 사랑얘기를 하다보면

어느덧 어둠이 내리고 나비들도

꽃향기 속으로 숨어버리고

나는 해변가 모래 위에서 눈을 뜨고

조용히 밤하늘을 바라본다.

나의 영혼은 육체를 떠나

별빛을 쫓아 우주로 날아갈 수도 있고

가는 길에 달빛을 만나

내 사랑의 위로를 듣기도 하지만

나는 그 아름다운 별들 중에서

나의 눈을 멀게 하는 하나의 빛을 따라

다시 날개를 태우며 날아가면

그곳에는 함박눈 같은 눈물을

뚝뚝 떨어뜨리는 네가 있어.

아직도 너는 홀로 슬퍼하고 있어.

너의 손을 잡고 싶지만

너의 그 고운 입술에 입 맞추고 싶지만

나를 이대로 버리고

너에게 용서를 빌고 싶지만

아직은 너에게 다가갈 수가 없구나.

아직은 너를 안을 수가 없구나.

나는 한참동안 그렇게 그녀를 바라보다

멀리에 숨어서 그녀의 눈물을 바라만보다

그녀가 힘겹게 일어나 자리를 떠나면

그녀의 눈물이 떨어진 자리에 입을 맞추고

그녀가 앉았던 자리에 입을 맞추고

그 자리에 감히 사랑한다고 쓰지 못하고

자그맣게 그립노라고 적어 두고는

다시 나에게로 돌아온다.

그녀가 살고 있는

그녀 때문에 더욱 빛나고 있는

그 아름다운 별을 뒤로하고

나는 다시 나의 연약한 육체로 돌아온다.

그런데, 그대는

그대가 그토록 아름다웠나요?
우리 얼굴을 마주 한지도
벌써 몇 년이 지났는데
나의 노트는 여전히
그대의 아름다움을 눈부시다 하고 있더군요.
하지만 이젠, 기억이 나질 않아요.

그대가 정말 날 사랑했나요?
우리 이별한지도 벌써 한참이 지났는데
예전 그대의 편지를 읽을 때마다 난
아름다운 흥분에 젖어버리곤 한답니다.
하지만 이젠, 나도 믿어지질 않아요.

그런데 그대는
왜 날 그냥 놔두지 않나요.
더 이상 나의 외로움은

그대 향한 기다림이 아닌 것 같은데

그런데 그대는

왜 오늘도 날…

눈물 흘리게 하나요.

날개 부러진 새

그녀의 품속으로 뛰어들기 위해선

나의 날개를 부러뜨려야 하리.

그녀의 두 손이

날 다시 하늘로 던져버리지 못 하도록

이미 그리움에

날개 부러진 새가 되어야 하리.

우리 다시 만날 때까지

그대, 더 이상 슬퍼하지 말아요.
외로움은 내가 택한 것이고
그리움 또한 내가 원했던 것이니
지금의 나 혼자 있음을
그대, 걱정하지 말아요.

인생은 허공을 나는 동전과
같은 것이라잖아요.
어떻게 떨어질지
앞뒤를 알 수 없는 것이라잖아요.
기쁨의 다른 편에 고통이 있고
절망의 반대편에 희망이 숨어 있던
우리의 지난날들처럼
언제고 헤어진 우리
다시 만날 수 있을 거예요.

그대, 슬퍼하지 마세요.

그리움이 그대의 그림자를 감싸는 밤이면

난 우리의 지난 사랑으로

그대의 지난 모습으로 눈물 흘리지만

언젠가 만날 그대가 그리워 흘리는 눈물일 뿐

그댈 잊기 위해 흘리는 눈물이 아니니

그대 슬퍼하지 마세요.

우리 다시 만날 때까지

그대, 날 잊으려 눈물 흘리지 마세요.

널 기쁘게 해주기 위해 시작한 일

나의 글들이

방황하던 내 영혼에 황홀을 가져다주기도 했고

때로 누군가에겐 자랑하듯 내밀어 질 수도 있겠지.

하지만

네가 읽어 주지 않으면 무슨 의미가 있겠어.

곁에 있던 너를 대신해 노트를 열게 해주는

그리움마저 지워지면

난 언젠가

나태함과 안일함까지 용서해 버리고

추잡한 기교로 가득한

거짓된 글들만을 써가게 될 텐데.

내게 무슨 의미가 있겠어.

널 기쁘게 해주기 위해서 시작한 일인데,

네가 읽어 주지 않으면…

기도

내가 이해할 수 있는 단점을 가진
소녀만을 사랑하게 하소서.
나의 단점들을 이해하고
내 안에 외로움을 감싸줄 수 있는
소녀에게 사랑받게 하소서.
우리가 사랑을 시작한 후에는
아무리 커다란 인연이라도
노력 없이는 운명이 될 수 없음을
잊지 않게 하소서.

세치의 혀가 서로에게 상처와
실망이 될 수 있음을 기억하게 하시고
떠나간 추억을 자랑삼아 이야기하거나
지난 슬픔에 헛된 위로를 바라지 않게 하소서.
친절과 배려에는 고맙다는 말이 몇 번이라도
과하지 않음을 알게 하시고

자신의 잘못을 인정하고 사과를 미루지 않는
용기를 가질 수 있게 하소서.
내가 언제나 그녀에게 했던 모든 말들을
행동으로 지킬 수 있는 남자가 되게 하소서.

나에게 무엇보다 그녀가 우선인 것처럼
내가 그녀의 가장 큰 행복이 되고
가장 따뜻한 위로가 되게 하시며
항상 평등한 위치에서 서로를 존중하고
같은 꿈을 꿀 수 있게 하여 주소서.
기도합니다. 정녕 나에게
다시 누군가를 사랑할 수 있는 축복을 주신다면
지금껏 앓았던 외로움보다
더 커다란 그리움으로
그녀를 안을 수 있도록 하여 주소서.
부디 서로의 마지막 사랑이 되게 하시고

내가 그녀에게 상처받지 않고

그녀가 나에게 상처받지 않게

하여 주소서.

얼굴을 모르는 너에게

내게 몇 번의 사랑이 있었으나
내 삶에 가장 커다란 사랑을
나는 아직 만나지 않았다.

내겐 언제나 그리움이 있었으나
내 삶의 가장 짙은 그리움은
아직 나의 심장에 심어지지 않았다.

더 깊은 사랑을 할 것이다.
더 간절히 그리워하며
가슴 저미는 시를 쓸 것이다.
내가 너를 만나는 날
나는 모든 것들을 잊고
너를 사랑하다 죽을 것이다.

나의 꿈

나의 꿈은

착하고 상냥한 아내의 남편이 되는 것

당신과 나를 닮은 귀여운 아이들의

유쾌한 아버지가 되어

평생토록 그들의 가장 친한 친구로 지내는 것

하지만 언제나 내게는 누구보다 당신이 우선입니다.

다정하고 사랑스러운 남편이 되는 것이

나의 가장 큰 소망이니까요.

나는 매일 당신을 위해 아침식사를 준비할 거예요.

당신과 아침을 함께할 수 있도록

일찍 출근하지 않아도 되는 일을 할 거예요.

식사를 마치고 당신과 나란히 앉아

따뜻한 차 한 잔이 식어가는 동안

당신이 내게 얼마나 아름다운 사람인지

고백할 시간도 필요하니까요.

당신의 생일날엔 세상의 또 다른 곳에서

당신에게 다시 태어나는 행복을 느끼게 해주고 싶어요.

그곳에서 내가 먼저 일어나

입맞춤으로 당신을 깨우고

다시 그대에게 사랑을 고백하고 싶어요.

그대가 다시 태어나는 날은

나의 사랑 또한

새롭게 태어나는 날이 될 테니까요.

우리가 함께할 수 있는 날들은

나의 기대만큼 길지 못할 수도 있지만

나는 언제나 당신의

가장 즐거운 대화상대가 되겠습니다.

항상 당신의 편에서 말하고 행동하는

가장 가까운 친구가 되겠습니다.

이런 진심만으로도

당신이 나의 마지막 사랑이 될 수 있다면

이제, 나의 신부가 되어주기를 바랍니다.

다시 사랑을 시작할 때

태양이 떠오르는 바다에서

당신에게 사랑노래를

불러주고 싶어요.

당신의 손을 잡고

태양이 식어버리는 날까지만

그대를 사랑하겠다고 말하고 싶어요.

영원히 시들지 않도록

하얀 장미를 나의 붉은 사랑으로 적셔서

당신에게 선물하고 싶어요.

당신의 품에 안긴 채

내가 지나온 외로움은

그대를 향한

기다림의 시간이었을 뿐이라고 말하고 싶어요.

하지만 아직은 당신의 이름을

부를 수가 없어요.

내가 누구를 사랑하게 될지

지금은 알 수가 없으니까요.

어쩌면 지금 내 마음을 읽고 있는 당신이

내가 사랑하게 될 그녀인지도 모르지만

난 당신을 알 수가 없어요.

언제쯤 당신을 만나게 되는지

당신은 어떤 마음을 가진 사람일지

난 아직 알 수가 없어요.

우리가 사랑을 시작할 때까지

날 기다려 줄 수 있나요?

내가 아껴온 것들을 선물할게요.

나의 외로운 마음으로

당신만을 사랑할게요.

어서 당신을 만나고 싶어요.

당신의 손을 잡고

당신의 귓가에

사랑한다고 속삭이고 싶어요.

떠나지 않은 날개의 눈으로 바라본다

몇 년 동안 말하지 않았던 문장들을
오래된 일기장에서 꺼내 읽으며
나는 안개 속에서 너의 사진을 바라본다.

누구를 그리워하거나 사랑하지 않아도
아무렇지 않은 척 버틸 수 있는 나이가 되어
멈추지 못하고 달리는 시계태엽처럼
오늘인지 어제인지 모를 하루를 살고 있지만
나는 다시 거울 앞에서 머리를 만지고
헛기침으로 목소리를 가다듬으며
또 다른 너를 만나러 집을 나선다.

고개를 들어 큰 숨을 한번 내쉬고
한평생 오직 한 사람만을
사랑할 수 있기를 바라며
내 사랑이 끝나기 전에

너의 사랑이 끝나지 않기를 바라며

나는 너를 만나기 위해 길을 나선다.

내가 그토록 사랑했던 어린 날의 마음과

지금 너를 미치도록 사랑하는 마음이

너무나도 비슷해 어쩌면 나는

계속 한사람만을 사랑하고 있는 것이 아닐까

나쁜 생각을 해보지만

결국 또다시 너를 떠나보내고 나면

그 슬픔이 지나기를 기다리며

또 얼마나 울어야 하는 것인지…

나의 꿈은 아직도 장미와 같은 누군가를 만나

그녀와 처음 입맞춤을 하고

평생을 그녀만 사랑하며 살아가는 것…

어둠 속에서도 나의 날개는 아직 떠나지 못한다